BIBLIOTHÈQUE MORALE

DE

LA JEUNESSE

PUBLIEE

AVEC APPROBATION

LES
DANSEURS DE CORDE

Par C. F.

ROUEN

MAISON MÉGARD ET Cie, ÉDITEURS

E. VIMONT, EX-ASSOCIÉ, SUCCESSEUR

Avis des Éditeurs.

—

Les Éditeurs de la **Bibliothèque morale de
la Jeunesse** ont pris tout à fait au sérieux le
titre qu'ils ont choisi pour le donner à cette
collection de bons livres. Ils regardent comme
une obligation rigoureuse de ne rien négliger
pour le justifier dans toute sa signification et
toute son étendue.

Aucun livre ne sortira de leurs presses pour
entrer dans cette collection, qu'il n'ait été au
préalable lu et examiné attentivement, non-
seulement par les Éditeurs, mais encore par les

personnes les plus compétentes et les plus éclairées. Pour cet examen, ils auront recours particulièrement à des Ecclésiastiques. C'est à eux, avant tout, qu'est confié le salut de l'Enfance, et, plus que qui que ce soit, ils sont capables de découvrir ce qui, le moins du monde, pourrait offrir quelque danger dans les publications destinées spécialement à la Jeunesse chrétienne.

Aussi tous les Ouvrages composant la **Bibliothèque morale de la Jeunesse** sont-ils revus et approuvés par un Comité d'Ecclésiastiques nommé à cet effet par Monseigneur l'Archevêque de Rouen. C'est assez dire que les écoles et les familles chrétiennes trouveront dans notre collection toutes les garanties désirables, et que nous ferons tout pour justifier et accroître la confiance dont elle est déjà l'objet.

—

LES

DANSEURS DE CORDE.

—

— Pardonne-moi encore cette fois-ci, maman, et je te promets que je ne te désobéirai plus, disait Jules en pleurant de toutes ses forces.

— Non, Jules, c'est impossible, répondit Mme Henrion. Tu m'as trop souvent promis de te corriger, pour que je puisse encore te croire sur parole.

— Je t'assure, maman, que tu n'auras plus à te plaindre de moi; c'est de tout mon cœur que je te le dis.

— Écoute, mon enfant, j'ai été jusqu'à présent trop faible pour toi; je m'en suis fait déjà mille reproches, sans avoir le courage de te traiter avec plus de sévérité. C'est un grand tort que j'ai eu; car les mères sont obligées de punir leurs enfants; et devant Dieu je serais une mauvaise mère, si je te laissais grandir avec tous tes défauts.

— Plus que cette fois-ci, maman; je t'en prie, pardonne-moi.

— Hier, avant-hier, tous les

jours depuis plus d'un an , tu m'as fait la même scène. J'en suis fatiguée, et, comme je t'ai dit ce matin que tu n'avais plus d'indulgence à attendre, il est inutile que tu insistes davantage. Nous devions aller nous promener à la foire, si tu étais sage toute la journée ; l'as-tu été ? je te le demande.

— Non ; mais une autre fois....

— Une autre fois, tu ne le seras pas davantage, si je te fais grâce encore aujourd'hui.

— Oh ! si, maman, tu verras....

— Eh bien ! mon ami, quand tu auras mérité quelque récompense, je te la donnerai ; mais tu as encouru une punition, tu la subiras. Ce soir, au lieu de sortir, comme je te l'avais promis, tu étudieras dans ta chambre.

Jules se prit à sangloter, et, comme si Mme Henrion eût craint de se laisser fléchir par la vue de sa douleur, elle sortit. L'enfant, resté seul, eut un mouvement de colère si violent, qu'il jeta ses livres par terre et marcha dessus en criant. Ce n'était pourtant pas un méchant enfant que Jules ; il avait même été longtemps très-docile ; mais depuis quinze mois environ, il avait fait la connaissance d'un petit voisin, dont les conseils et les mauvais exemples lui faisaient beaucoup de mal. Marcel (c'était le nom de ce mauvais compagnon) avait huit ans; il était grand pour son âge, et il abusait de sa force pour se faire craindre des autres enfants. Son père et sa mère étaient morts quand il était encore tout petit, et il avait été élevé par une domestique qui le maltraitait. Élevé avec la plus grande dureté, recevant des coups à tout propos, ne s'entendant jamais adresser une bonne parole, Marcel était devenu sournois, brutal et méchant. Les enfants qui ont un père et une mère pour les reprendre de leurs dé-

fauts avec tendresse, pour les
encourager par des récompenses
ou des caresses, pour les conduire par la main dans le bon
chemin, ne savent souvent pas
apprécier leur bonheur; ils le
sentiraient seulement s'ils ve-
naient à perdre ces parents si
dévoués, et s'ils tombaient dans
les mains d'une femme exigeante
et dure, comme celle qui avait
été chargée de l'enfance de Marcel.

Jules, dont le caractère était
doux et timide, n'aimait pas Marcel; il le craignait même un
peu; mais il lui obéissait moins
par crainte que parce que ses con-

seils lui plaisaient. Ainsi, Marcel, passionné pour le bruit et le jeu, prétendait qu'il était inutile d'étudier, et Jules trouvait qu'il avait raison ; Marcel disait qu'on devait laisser les enfants vivre à leur fantaisie, et c'était aussi l'avis de Jules.

Mme Henrion l'avait donc insensiblement trouvé moins studieux et moins soumis ; elle s'en était affligée, plus sérieusement inquiétée ; car Jules était enfin devenu ce qu'on appelle un enfant indocile. Il suffisait qu'on lui commandât une chose pour qu'il ne voulût pas la faire, ou qu'on lui en défendît une autre pour qu'il se hâtât d'enfreindre cette défense. De jour en jour sa bonne mère s'était promis de le ramener à une meilleure conduite par un peu de sévérité, puisque ses douces exhortations restaient sans effet; mais elle n'avait pas encore eu le courage de tenir cette résolution.

Jules devait bien voir cependant que, depuis qu'il écoutait Marcel de préférence à sa bonne mère, il avait cessé d'être heureux. Non-seulement il recevait des réprimandes et des reproches au lieu des encouragements auxquels il avait été habitué; mais presque toujours son indocilité lui avait suscité de grands ennuis. Une fois qu'il était allé au bois pendant qu'on le croyait à l'école, il avait été si cruellement piqué par les guêpes, qu'il en avait failli devenir aveugle; une fois qu'il était allé à la pêche, il s'était laissé tomber dans la rivière, et, sans un brave paysan qui passait, il se serait noyé; un soir que, malgré la défense de ses parents, il avait été courir à travers champs, un taureau l'avait enlevé sur ses cornes et l'avait rejeté bien loin, tout meurtri et presque assommé. Je n'en finirais pas, si je voulais vous raconter tous les accidents que lui avait causés sa désobéissance ; je ne vous cite que ceux dans lesquels il avait couru un danger mortel ; quant aux égratignures et aux coups reçus, quant aux chutes plus ou moins graves, aux vêtements déchirés, aux larmes versées, il serait impossible de les énumérer. Il n'y avait pas eu d'enfant plus heureux que Jules tant qu'il avait été obéissant ; il n'y en avait pas eu de plus à plaindre depuis qu'il voulait être son maître.

Mme Henrion voyait parfaitement tout cela ; et comme elle aimait son fils, elle avait enfin pris la ferme résolution de ne

plus lui faire grâce, quand il aurait mérité quelque punition. Il
sollicita encore à plusieurs reprises son pardon, quand l'accès
de colère auquel nous l'avons vu
se livrer fut passé ; mais il ne put
rien obtenir.

Le soir venu, sa mère lui servit
à souper, lui fit réciter sa prière
et l'enferma dans sa chambre,
après lui avoir adressé des paroles pleines de douceur et de
raison, pour l'engager à réfléchir
sur ses torts et à prendre la sérieuse détermination de se corriger. Jules, qui avait toujours espéré triompher de sa sévérité, fut
bien surpris quand il la vit sortir

et fermer la porte en dehors ; il poussa des cris, il frappa du pied ; mais Mme Henrion fit absolument comme si elle n'entendait rien.

Elle entendait bien pourtant et elle pleurait, la pauvre mère, en disant :

— C'est ma faute si Jules est devenu si méchant ; j'aurais dû ne pas attendre si longtemps avant de le punir. Mon Dieu, faites qu'il ne soit pas trop tard ; car nous serions bien malheureux, son père et moi, si nous venions à avoir pour fils un mauvais sujet, comme il y en a tant. Donnez-moi donc la force de le corriger ; et si je ne l'ai pas, corrigez-le vous-même, je vous en supplie.

Mme Henrion se mit à genoux et pria tant qu'elle entendit du tapage dans la chambre de Jules, et quand tout fut redevenu tranquille, elle prit son ouvrage. Elle ne pensait guère à sortir et se souciait fort peu de la foire, puisqu'elle ne pouvait pas y conduire son fils. Elle travailla tristement toute la soirée et trouva les heures bien longues. Son mari était souvent obligé de s'absenter pour affaires, et elle n'avait presque jamais d'autre société que celle de Jules.

Avant de se coucher, elle ne

put résister au désir d'entrer dans la chambre de cet enfant qu'elle aimait tant, malgré ses torts ; il lui semblait qu'elle ne pourrait dormir sans l'avoir revu. Elle monta donc sur la pointe dés pieds, fit tourner sans bruit la clef dans la serrure et entra, en voilant de sa main la lumière de sa bougie, de peur de réveiller son fils. Elle s'approcha du lit, en écarta le rideau et jeta un cri : Jules n'était pas couché. Elle regarda de tous côtés, sous le lit, sous la table, sous les chaises, espérant qu'il se serait caché pour l'inquiéter ; mais tout à coup elle vit que la fenêtre était ouverte, et qu'une échelle y était appuyée. Elle se rappela que le jardinier avait rattaché une vigne qui encadrait la croisée et devina que Jules, en voyant cette échelle, avait eu la mauvaise pensée d'en profiter pour quitter sa prison.

Elle courut au jardin, où elle pensait encore qu'il pouvait s'être endormi; car il était près de minuit; elle l'appela de toutes ses forces, parcourut toutes les allées, s'arrêta sous les tonnelles, et, folle de douleur, ne sachant plus que faire, elle rentra dans la maison. Elle remonta dans la chambre, regarda de nouveau dans tous les coins, puis elle descendit dans la rue et se mit à courir sans savoir où elle allait, en criant toujours :

— Jules ! Jules !

On se couche de bonne heure dans la petite ville qu'elle habitait ; elle erra longtemps sans rencontrer personne, et elle vint tomber épuisée et haletante sur les marches de l'église. Comme elle continuait à pleurer tout haut, la fenêtre du presbytère s'ouvrit, et le curé demanda qui avait besoin de secours.

— Ah ! monsieur le curé, dit la pauvre mère, ayez pitié de moi, j'ai perdu mon enfant.

— Comment, c'est vous, madame Henrion ! répondit le bon vieillard. Un malheur est donc arrivé à votre petit Jules ? Attendez-moi, je suis à vous.

Il se hâta de descendre, croyant que Jules se mourait; et quand il sut qu'il ne s'agissait que de sa disparition, il consola de son mieux la pauvre mère.

— Il faut retourner chez vous, lui dit-il, et tâcher de vous calmer un peu; le jour va paraître, et je me rendrai aussitôt au bureau de police, afin de faire faire les recherches nécessaires pour retrouver votre enfant. Nous en viendrons à bout, soyez tranquille. D'ailleurs, qui sait? il est peut-être déjà rentré.

A ces paroles, Mme Henrion reprit en courant le chemin de sa maison; il lui semblait qu'en effet elle allait retrouver Jules; mais, hélas! c'était une illusion : le pauvre Jules était bien loin. Voici ce qui lui était arrivé.

Après avoir pleuré, crié, fait tapage, il s'était tu, mais en roulant toutes sortes de mauvaises idées dans sa petite tête. Il en voulait à sa mère de l'avoir puni, et il cherchait un moyen de l'en faire repentir. Il se demandait ce que Marcel ferait, s'il était à sa place; et comme il ne trouvait rien, il se mit à la fenêtre. Il aperçut l'échelle, et son parti fut pris.

— Tiens ! se dit-il, on m'avait promis de me conduire à la foire; on ne le veut plus, j'irai tout seul, et maman sera bien attrapée.

Il avait quelques sous dans sa petite bourse; il les prit pour se régaler de gaufres et de bonbons, mit le pied sur l'échelle, qui n'était pas très-haute, traversa le jardin et alla sortir par une trouée faite à la haie, du côté opposé à celui où se trouvait la maison. Il pensa seulement alors que ce qu'il faisait était mal, et il eut la bonne inspiration de retourner sur ses pas; mais il craignit de rencontrer sa mère, et il continua son chemin. Il passa devant les fenêtres de Marcel et l'appela à plusieurs reprises; il aurait bien voulu avoir un compagnon ; car il sentait bien qu'il s'était cru plus hardi qu'il ne l'était réellement; mais Marcel dormait et ne répondit pas.

Jules marcha donc assez tristement; il eût bien voulu n'avoir pas quitté sa chambre, et il n'osait y rentrer. Pourtant, lorsqu'il arriva sur la grande place où se tenait la foire, le bruit, les lumières, le mouvement des promeneurs l'égayèrent soudain et chassèrent de son esprit toute préoccupation. Il se promena le long des boutiques, acheta du sucre d'orge, de la pâte de guimauve, du pain d'épice, dont il bourra ses poches, et s'approcha de la marchande de gaufres, à laquelle il laissa ses derniers sous.

Tout à coup la grosse caisse, les cymbales et le cornet à piston se firent entendre derrière lui, et il vit paraître devant une baraque de saltimbanques cinq ou six enfants, garçons et filles, revêtus d'habits étranges, tout brodés de paillettes d'or et d'argent. Ces enfants se mirent à danser, à sauter, à faire la roue et à envoyer du bout des doigts des baisers au public. Puis un homme à perruque rousse, à tournure gauche, vint montrer son visage enfariné et débiter des choses auxquelles Jules ne comprit rien, mais qui firent beaucoup rire la foule ; enfin, un autre homme, qui semblait être le maître de la baraque, vint annoncer que, pour la modique somme de deux sous, on pouvait voir toute la troupe se livrer aux exercices les plus merveilleux et exécuter sur la corde roide les pas les plus difficiles.

Jules maudit alors sa gourmandise, car il n'avait plus d'argent et ne pouvait, par conséquent, se donner le plaisir de cet intéressant spectacle. Toutefois, il s'approcha comme tous ceux qui l'entouraient, gravit les quatre marches conduisant à la baraque, et se tint humblement près de la porte que sa pauvreté lui interdisait de franchir. Quand tout le monde fut entré, le saltimbanque qui avait fait l'annonce remarqua ce petit garçon et lui demanda pourquoi il restait là, au lieu d'aller prendre sa place. Jules répondit qu'il n'avait pas de quoi la payer.

— Et tu as bien envie d'assister à la représentation ? demanda l'homme.

— Oh! oui. J'aimerais tant à

voir les petits garçons et les petites filles danser sur la corde.

— Pourquoi ne vas-tu pas demander deux sous à ton père ou à ta mère ?

—Papa est à Paris pour quinze jours ; maman est à la maison et me croit bien tranquille dans mon lit ; car elle m'avait enfermé dans ma chambre, et je suis sorti par la fenêtre.

— Tiens ! tiens ! dit le baladin, voilà un petit drôle qui ne manque pas de hardiesse. Pourquoi t'avait-on enfermé dans ta chambre ?

— Parce que je ne savais pas mes leçons.

— On te fait donc étudier?

— Tous les jours. C'est bien ennuyeux, allez....

— Cela ne vaut pas le spectacle, la danse de corde surtout. Allons, mon garçon, tu n'as pas d'argent; mais viens tout de même, je te placerai derrière le théâtre, et tu verras aussi bien que les autres.

Jules suivit l'Hercule, qui entra avec lui dans la loge au moment où la représentation commençait. Pendant que Jules regardait de tous ses yeux, le saltimbanque appela sa femme et lui parla tout bas.

— Que dis-tu de cet enfant?

lui demanda-t-il, en lui montrant Jules.

— Il a une jolie figure, de beaux cheveux bouclés; il est gracieux et mignon comme le petit Arthur.

— De plus, il est souple, fort et hardi; tu en pourrais faire quelque chose.

— Je le crois; mais ce n'est pas un enfant abandonné, il est trop bien mis pour cela.

— Non; mais il s'est enfui de chez sa mère; il nous appartiendra, si nous voulons, et nous avons besoin de lui, puisque le petit Arthur ne guérira jamais.

— Bah! est-ce que celui-ci

resterait avec nous de son plein gré?

— Je ne te dis pas cela; mais on sait comment s'y prendre avec ces bambins-là. Quand la représentation sera finie, tu lui diras que tu vas le reconduire à sa mère, afin qu'il ne soit pas grondé; vous irez ensemble à la gare, comme pour y porter un paquet, vous arriverez juste pour le départ du convoi, et trois heures après vous serez à Paris. Là, ni vu ni connu. Il n'y aura rien de plus facile que de mettre le petit drôle à la raison. Ce ne sera pas ton coup d'essai, Bobonne.

La femme répondit par un sourire qui eût fait peur à Jules, s'il l'eût remarqué; mais il était beaucoup trop occupé du spectacle pour faire attention à autre chose. On abrégea un peu la représentation pour que Bobonne pût arriver à la gare avant le départ du train de Paris, et, pendant qu'on sortait en foule de la baraque, elle s'approcha de Jules.

— Mon ami, lui dit-elle, il faut retourner chez ta maman. Viens, je t'y reconduirai, afin qu'elle ne te gronde pas.

— Vous êtes bien bonne, Madame, répondit Jules; mais j'aime mieux rentrer par la haie et par la fenêtre, pour qu'elle ne sache pas que je suis sorti.

— Mais si elle le sait déjà?

— Oh! si elle le savait, elle serait bien en peine. Elle pleure peut-être à présent, ma pauvre maman! Je vais bien vite la retrouver.

— Donne-moi la main, je t'y mènerai; il est dangereux pour les enfants de sortir tout seuls le soir. Allons, ne te chagrine pas, nous serons bientôt arrivés.

Jules commençait à se repentir sérieusement de son escapade; il aimait beaucoup sa mère, et la pensée de la peine qu'il lui avait causée le mettait dans une grande inquiétude.

— Ce n'est pas de ce côté-là que reste maman, dit-il à Bobonne, qui l'entraînait.

— Nous allons au chemin de fer porter une commission très-pressée, et de là nous irons chez elle. Tu arriveras encore assez tôt pour recevoir des reproches et pour être puni d'importance.

Jules, un peu effrayé par cette menace, se laissa conduire. Chemin faisant, Bobonne lui fit manger quelques pastilles d'opium dont elle se servait pour calmer une toux violente qui l'incommodait souvent; et quand le petit garçon arriva à la gare, il tombait de sommeil. La baladine l'enveloppa dans son châle, le déposa sur un banc et alla prendre ses billets. Quand elle revint, il était profondément endormi ; elle le prit dans ses bras, le porta dans un wagon et s'y assit auprès de lui. Pendant les trois heures que dura le voyage, Jules ne bougea pas ; Bobonne le transporta du wagon dans un fiacre, et du fiacre au quatrième étage d'une maison, sans qu'il s'éveillât.

Il était bien dix heures du matin lorsqu'il ouvrit les yeux. Il regarda longtemps autour de lui, croyant qu'il rêvait encore. Au lieu de se trouver dans sa petite chambre, gentille et proprette, sur son lit entouré de blancs rideaux, il se voyait sur une paillasse jetée dans un coin, et des vêtements de toutes sortes gisaient à terre, pêle-mêle avec des ustensiles de cuisine et des assiettes ébréchées. Une chandelle fichée dans le goulot d'une bouteille, un pain entamé, un reste de saucisson et un verre vide étaient posés sur une table crasseuse, auprès de laquelle on voyait une chaise dépaillée.

Jules, l'esprit alourdi par le sommeil dans lequel l'opium l'avait plongé, se demandait encore où il était, quand la baladine rentra. Il la reconnut aussitôt, et, se rappelant tout ce qui s'était passé, il la pria de le reconduire à sa mère.

— Ta mère! lui répondit-elle, tu ne la verras plus: elle est morte! Mais je suis ta tante, et tu resteras avec moi.

— Maman est morte! s'écria Jules, saisi de douleur et d'effroi. Oh! non, cela n'est pas vrai; c'est pour me punir d'avoir été méchant que vous me le dites. Je serai sage, je vous le promets; je ne désobéirai plus, plus du tout; mais je veux voir maman.

Il pleurait amèrement ; la méchante femme, peu touchée de ses larmes, lui répéta que sa mère était morte ; et comme il continuait à crier : Maman ! maman ! elle lui tira rudement les oreilles et lui appliqua un soufflet sur chaque joue.

— Voilà pour commencer, lui dit-elle ; et si tu ne te tais pas, nous passerons à un autre exercice.

En même temps elle faisait siffler devant lui une canne en baleine, mince et flexible. Le pauvre enfant s'efforça d'étouffer ses sanglots ; car il voyait en quelles mains impitoyables il était tombé.

— A la bonne heure, fit la mégère, te voilà redevenu raisonnable, et nous allons nous entendre.

— Je vous obéirai, Madame, dit Jules; mais dites-moi seulement que maman n'est pas morte, et que je la reverrai.

— D'abord, je ne suis pas madame; je suis ta tante, et je veux que tu m'appelles ainsi.

Jules n'avait qu'une tante, une jeune fille de dix-huit ans, douce et charmante, qui ne ressemblait nullement à cette vilaine femme; il hésitait donc à prononcer le nom que Bobonne exigeait; la baguette cingla et vint tomber sur ses épaules.

—Je vous appellerai ma tante, si vous voulez me dire que maman n'est pas morte, balbutia le pauvre enfant.

— Voyez-vous le bambin qui veut faire ses conditions! reprit la baladine en ricanant. Apprends, mioche, que je veux qu'on m'obéisse à la première parole. Fais donc attention de ne pas m'appeler autrement que ta tante, ou tu auras affaire à moi. Lève-toi; il est tard, et tu as une leçon à prendre avant de déjeuner.

Jules était tout habillé; il descendit du grabat sur lequel on l'avait couché, et, pendant que Bobonne allait et venait par la chambre, il se mit à genoux et fit sa prière. Il y avait manqué la veille au soir, et cela lui avait porté malheur. Il récita pieusement les oraisons qu'il savait, et y ajouta ces paroles :

— Mon Dieu ! j'ai mérité la punition que vous m'infligez ; mais faites-moi la grâce de retrouver maman, et je vous promets de lui obéir toujours.

Il ne croyait plus à la mort de sa mère ; car il venait de penser que, puisque cette femme mentait en se disant sa tante, un second mensonge ne devait pas lui coûter plus que le premier.

— Qu'est-ce que tu fais donc, paresseux ? lui demanda-t-elle en le voyant à genoux.

— Je dis mes prières, répondit-il.

— Tu les diras quand tu auras le temps ; mais, aujourd'hui, je suis pressée.

Jules se releva tout tremblant. La méchante femme lui ôta sa petite veste ; puis, après lui avoir tâté la poitrine, elle lui fit tourner et plier les bras, de manière à lui arracher des cris.

— Tu en verras bien d'autres ! lui dit-elle ; nous n'allons pas te nourrir à rien faire, et il faut bien que tu apprennes un métier.

—Quel métier? demanda Jules timidement.

— Le nôtre donc. Tu auras des habits brodés d'or, tu feras des tours de force et tu danseras sur la corde, afin de donner aux imbéciles le divertissement que nous t'avons donné hier.

— Ah! mon Dieu! fit Jules, recommençant à pleurer. Il faudra donc que je reste longtemps avec vous?

— Tu y resteras toujours; ainsi, songe à te bien conduire, si tu veux éviter la correction. Quand tu seras obéissant et que tu travailleras bien, tu auras à manger ; quand tu n'obéiras pas et que tu ne feras rien qui vaille, tu jeûneras et tu seras battu. Tiens-toi cela pour dit, et agis en conséquence.

Jules se rappela avoir entendu raconter que des enfants, enlevés par des saltimbanques, avaient réussi à leur échapper ; il ne perdit donc pas courage, et, comme il voulait inspirer de la confiance à sa gardienne, afin qu'elle ne l'empêchât pas toujours de sortir, il fit tout ce qu'il put pour la contenter. Les leçons le faisaient beaucoup souffrir ; car Bobonne lui disloquait les membres sans aucune pitié ; mais il étouffait ses plaintes, dévorait ses larmes et s'efforçait de se montrer adroit. Au bout de huit ou dix jours, il faisait très-bien la roue, commençait à faire des sauts périlleux et s'essayait à marcher sur ses mains. Bobonne était satisfaite ; pourtant, elle ne pouvait obtenir qu'il l'appelât distinctement sa tante.

Pendant tout ce temps, Jules n'avait pas franchi le seuil de la chambre ; chaque fois que la baladine sortait, elle fermait la porte à double tour, et il n'y avait pas d'échelle assez grande pour descendre du quatrième étage dans la rue. Lorsqu'il se voyait seul, Jules en profitait pour penser à sa mère, à son père, qui sans doute le croyaient perdu pour toujours, et il pleurait de leur douleur. Quand il entendait les pas de sa gardienne, il essuyait ses yeux ; car elle n'avait pour le consoler que de cruelles moqueries. Souvent aussi, il employait les instants de son absence à prier Dieu et la sainte Vierge de le rendre bientôt à sa famille, et c'était du fond de son cœur qu'il promettait d'être sage et docile.

Le malheur qui lui était arrivé l'avait rendu raisonnable ; il se rappelait avec regret son ingratitude envers sa bonne mère, et se reprochait vivement tous les chagrins qu'il lui avait causés. Il comprenait aussi que, par son indocilité, il avait beaucoup offensé Dieu, et qu'il était juste qu'il en fût puni.

Un soir qu'il venait de s'endormir, il entendit frapper à la porte et reconnut la voix du saltimbanque qui l'avait fait entrer gratuitement dans la baraque. Aurore alla ouvrir et parut toute surprise d'apercevoir son mari.

— Je ne devais venir qu'à la fin du mois, dit-il ; mais Martin, le montreur de bêtes, m'a pro-

posé d'aller avec lui en Angleterre, et je viens te chercher.

— Comme ça tombe bien ! dit
Aurore ; j'ai toujours eu envie de
voir l'Angleterre, où il y a des
gens si riches et si originaux.

— J'espère que nous y trou-
verons de l'argent à gagner, et,
ma foi ! ce ne sera pas dommage ;
car le métier ne va guère. A
propos, que fais-tu du bambin ?

— Il marche à merveille et ne
sera pas le plus mauvais de nos
gagne-pain. Il vaut dix fois ce
petit imbécile d'Arthur.

— Ah ! ça, qu'en as-tu fait ?

— Il est mort à l'hôpital.

— Je me doutais bien qu'il

n'en reviendrait pas. Il s'était
brisé en tombant quelque chose
dans les reins. Tu n'as pas entendu parler de celui-ci là-bas ?

— Ma foi, si. On ne parlait
que de cela. Il paraît que la
mère était au désespoir ; mais on
ne nous a pas soupçonnés.

— Chut ! Il croit que sa mère
est morte, dit Aurore.

— Oh ! il n'entend rien ; il
dort comme un loir.

Jules feignait de dormir, mais
il écoutait de toutes ses oreilles,
et il était si heureux d'apprendre
que sa mère n'était pas morte,
qu'il aurait volontiers embrassé
l'Hercule et même Aurore.

— Nous partirons demain pour Mantes, où nos gens nous attendent, et nous irons, en donnant des représentations, jusqu'au Havre, où nous nous embarquerons, reprit le saltimbanque.

C'était une mauvaise nouvelle pour Jules que celle de ce départ; mais il n'y fit pas attention; car il espérait trouver, avant d'arriver au Havre, un moment de liberté pour écrire à sa mère. Il n'écrivait pas très-bien; mais pourvu qu'il pût lui dire où il était, il était sûr qu'elle viendrait l'y chercher. Il resta plusieurs heures à faire des plans sans pouvoir se rendormir ; mais, enfin, le sommeil triompha de ses préoccupations, et il rêvait qu'il embrassait sa mère quand l'Hercule l'appela pour partir.

Jules fit bon visage à son maître, lui montra son savoir-faire, et, le voyant satisfait de ses cabrioles, il lui demanda quand il pourrait travailler en public. Aurore, toute fière de son élève, répondit que cela ne tarderait pas, et Jules la vit emballer le maillot couleur de chair et la veste pailletée qu'elle lui avait préparés. Il ne se réjouissait pas de faire des sauts en pleine foire ; au contraire, cela lui paraissait humiliant; mais il pensait qu'il pourrait, de dessus les planches, faire passer à quelque spectateur doué d'une figure honnête la lettre qu'il écrirait à sa maman.

Il partit plein d'espérance ; mais il ne tarda pas à reconnaître qu'il lui serait bien difficile d'exécuter son projet. D'abord, pour écrire, il fallait une plume, de l'encre, du papier, et il n'y avait rien de tout cela dans la grande voiture où il prit place avec le reste de la troupe, à son arrivée à Mantes ; puis, quand il n'aurait manqué de rien, il était tellement surveillé, qu'il n'aurait pu écrire une seule ligne sans être aperçu.

Le pauvre petit se désolait; car il croyait que s'il passait en Angleterre, il ne pourrait jamais revoir sa famille. On marchait à petites journées; car il n'y avait qu'un mauvais cheval pour conduire les saltimbanques et tout leur ménage; on donnait en route quelques représentations qui ne rapportaient presque rien; l'Hercule et Aurore étaient de mauvaise humeur et rudoyaient les enfants. Jules n'avait pas trouvé parmi ces derniers un compagnon qui lui convînt : tous étaient si brusques, si grossiers, si méchants, qu'il en avait peur.

Les baladins s'arrêtèrent pendant quelques jours à Vernon , et il fut décidé que Jules y ferait son début, l'un des autres petits garçons s'étant donné une entorse en faisant ses tours. Au moment de paraître, il était bien ému ; mais son cœur battait autant de plaisir que de frayeur ; car, depuis qu'il était entré dans la baraque de l'Hercule, il n'avait vu personne que les saltimbanques.

On l'habilla , on l'envoya à la parade, et on lui ordonna d'y faire tout ce qu'il savait. Il obéit ; mais, en présence de tant de gens qui le regardaient, sa tête se troubla, il s'approcha trop du bord de la galerie, et, en faisant un saut en arrière, il tomba sur le pavé. Les spectateurs se pressèrent autour de lui, le relevèrent, et, lui voyant le front tout sanglant, lui témoignèrent beaucoup de pitié.

— Quel bel enfant! disait l'un. Comme il a les traits délicats et la physionomie distinguée!

— On ne le dirait pas né pour le métier qu'il fait, ajoutait l'autre.

A la nouvelle de l'accident, Aurore était accourue; mais, avant qu'elle se fût frayé un passage jusqu'à Jules, celui-ci avait dit à un beau monsieur décoré qui lui essuyait le front :

— Je vous en supplie, Monsieur, reconduisez-moi chez maman.

— La voici, votre maman, répondit l'ancien militaire en montrant Aurore.

— Oh ! non, non, ce n'est pas maman ni ma tante, reprit l'enfant ; je me nomme Jules Henrion, et je restais à Châlons quand les danseurs de corde m'ont emmené.

— Vous vous êtes enfui de la maison paternelle au milieu de la nuit? dit l'étranger, qui avait lu la réclamation insérée dans tous les journaux par ordre de Mme Henrion.

— Oui, répondit Jules tout confus ; mais si je retrouve maman, je ne lui désobéirai plus.

— Qu'est-ce qu'il y a ? demanda Aurore d'un ton courroucé. Tu t'es laissé tomber, maladroit....

— Madame, cet enfant ne vous appartient pas ! répondit l'ancien militaire ; et si vous voulez que je vous le rende, vous viendrez me le réclamer chez le commissaire de police.

Tout cela s'était dit à voix basse ; Aurore jugea prudent de ne pas faire plus de bruit que les autres ; elle remonta lestement dans la baraque pendant que

Jules s'éloignait avec son protecteur. Elle voulait partir; mais l'Hercule lui conseilla de payer d'audace et de se rendre avec lui chez le commissaire. Ils y arrivèrent presque aussitôt que Jules. Ils dirent qu'ils n'avaient pas volé l'enfant, puisqu'il était venu de lui-même chez eux; qu'ils l'avaient recueilli, ne sachant d'où il sortait et ne voulant pas le laisser à l'abandon. Jules avoua qu'il s'était sauvé de chez sa mère au milieu de la nuit et s'était rendu volontairement dans la loge des saltimbanques, et, sur cet aveu, ils en furent quittes pour une sévère réprimande. Jules écrivit aussitôt la lettre suivante à ses parents :

« Je vous demande pardon, papa et maman, de tout le chagrin que je vous ai causé ; je mérite que vous ne m'aimiez plus ; mais moi, je vous aime de tout mon cœur, et je ne vous ferai plus jamais de peine. Des danseurs de corde m'avaient emmené ; mais je suis retrouvé, venez me chercher. »

Le commissaire compléta ces renseignements en disant que Jules était à Vernon, et qu'il le tenait à la disposition de sa famille.

Le surlendemain, M. Henrion
vint réclamer son fils ; Mme Henrion n'avait pu venir : depuis la
fuite de Jules, elle était au lit, et
l'on désespérait de la sauver.
Quand l'enfant la vit si pâle et
si changée, il comprit mieux que
jamais ses torts ; et, se jetant à
genoux, il promit que si Dieu la
lui rendait, il n'épargnerait rien
pour la dédommager de tout ce
qu'elle avait souffert. C'était le
chagrin qui conduisait la pauvre
mère au tombeau ; la joie la ra-
mena à la vie, et Jules se sou-
vint des engagements qu'il avait
pris. Il devint l'enfant le plus
studieux, le plus tendre, le plus

soumis, et il disait souvent à ses petits camarades :

— Si vous saviez comme vous êtes heureux d'avoir un père et une mère, jamais vous ne pourriez vous résoudre à les affliger par votre étourderie et par votre indocilité.

FIN.

Rouen. Imp. Mégard et Cie.